Conception graphique et illustrations : Zapp

© 1995 Les Éditions Tormont inc.
338, rue Saint-Antoine Est
Montréal, Canada  H2Y 1A3
Tél. (514) 954-1441
Fax  (514) 954-5086

ISBN 2-89429-848-X

Imprimé en Chine

# LE CHAT BOTTÉ

Cerf-volant

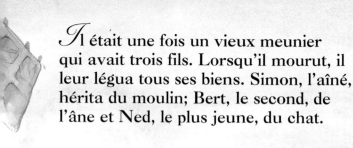

Il était une fois un vieux meunier qui avait trois fils. Lorsqu'il mourut, il leur légua tous ses biens. Simon, l'aîné, hérita du moulin; Bert, le second, de l'âne et Ned, le plus jeune, du chat.

$\mathcal{S}$imon ne tarda pas à se mettre au travail et à moudre la farine. Bert, lui, partit pour la ville avec son âne.

– Je vais offrir mes services pour transporter de la marchandise, dit-il. Pendant ce temps, Ned se demandait bien comment il pourrait gagner sa vie.

– Je n'ai rien et, en plus, je dois nourrir ce chat ! grognait-il.

– Ne sois pas triste, Maître ! s'écria le chat. J'ai un plan qui nous rendra très riches tous les deux.

–Qu'est-ce que tu peux faire ? Tu n'es qu'un chat ! s'exclama Ned.

– Donne-moi un beau chapeau, une paire de bottes et un grand sac, demanda le chat. Je m'occupe du reste.

– Pourquoi pas, soupira Ned. Les choses ne peuvent certainement pas aller plus mal. Lorsque le chat eut tout ce qu'il avait demandé, il se dirigea vers le ruisseau tout près, se cacha dans l'herbe et rampa jusqu'à la rive. En quelques coups de pattes agiles, il attrapa plusieurs poissons.

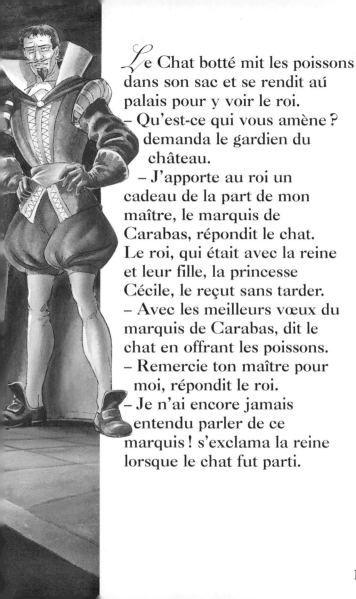

Le Chat botté mit les poissons
dans son sac et se rendit au
palais pour y voir le roi.

– Qu'est-ce qui vous amène ?
demanda le gardien du
château.

– J'apporte au roi un
cadeau de la part de mon
maître, le marquis de
Carabas, répondit le chat.
Le roi, qui était avec la reine
et leur fille, la princesse
Cécile, le reçut sans tarder.

– Avec les meilleurs vœux du
marquis de Carabas, dit le
chat en offrant les poissons.

– Remercie ton maître pour
moi, répondit le roi.

– Je n'ai encore jamais
entendu parler de ce
marquis ! s'exclama la reine
lorsque le chat fut parti.

*E*t chaque jour, le chat
apportait des cadeaux à la
famille royale.
– Qui peut bien être ce
marquis de Carabas ?
s'écriaient les courtisans.
Des bruits de toutes sortes
couraient sur son compte.
– Il paraît que c'est l'homme
le plus riche du royaume,
disait l'un.
– Et le plus beau aussi,
ajoutait l'autre.

$\mathcal{U}$n jour, le Chat botté offrit un faisan à la reine.

– Ton marquis doit être un excellent chasseur, dit-elle.

– En effet, et ce n'est qu'un de ses nombreux talents, répondit le chat.

– Nous aimerions faire sa connaissance, fit la reine, car le marquis l'intriguait.

Ce soir-là, le Chat botté dit à Ned qu'il allait être présenté à la famille royale.

– Je n'ai même pas une chemise correcte à me mettre sur le dos ! s'exclama Ned.

– Je me charge de tout, répondit le chat.

Le lendemain, le Chat botté conduisit Ned au bord de la rivière.

– Enlève ta chemise et entre dans l'eau, lui dit-il.

– Mais je ne sais pas nager ! protesta Ned.

– Ne t'inquiète pas, répondit le Chat botté. Dès que Ned fut dans l'eau, le chat le poussa et il fut emporté par le courant au moment où le carrosse royal passait sur le pont.

– À l'aide ! hurla Ned.

– Vite ! s'écria le Chat botté. Le marquis se noie !

Le roi ordonna aussitôt
à deux de ses hommes de
sortir Ned de l'eau et il
envoya un troisième au
palais chercher des
vêtements secs. En un
rien de temps, Ned fut
vêtu comme un
marquis.

– C'est un bon parti
pour notre fille,
murmura la reine
au roi.

– Vous devez être épuisé !
dit le roi au marquis. Nous
allons vous raccompagner
jusque chez vous.

– Où se trouve votre château ? demanda l'aide du roi.

Ned ne savait que répondre, aussi le Chat botté s'empressa-t-il d'expliquer :
– Vous voyez ce château au sommet de la colline ? C'est celui du marquis de Carabas. Et maintenant, si vous voulez bien m'excuser, j'ai beaucoup à faire. Sur ces mots, le Chat botté bondit hors du carrosse et s'en alla.

Le Chat botté courut devant le
carrosse du roi et cria aux paysans
qui se trouvaient dans les champs :
– Si l'on vous demande à qui sont
ces champs, dites qu'ils appartiennent
au marquis de Carabas. Et le
château aussi.
– Oui, Sire, répondirent les paysans.
Le Chat botté arriva au château et
frappa à la grille. Une porte s'ouvrit
sans bruit.

Le chat traversa de vastes pièces
sombres. Soudain, un ogre apparut.
– Que fais-tu ici ? grogna-t-il.
– On m'a dit que vous pouviez vous
transformer en lion et même en éléphant.
Est-ce vrai ? répondit le chat. Aussitôt,
l'ogre se transforma en lion.
– Qu'en penses-tu ? rugit-il en pourchas-
sant le Chat botté à travers la pièce.
– Je suis convaincu, dit le Chat botté.
Mais pouvez-vous vraiment vous
transformer en un animal aussi petit
qu'une souris ?

– *C'* est facile, rugit l'ogre avec fierté.
Mais dès qu'il se fut transformé en souris,
le Chat botté n'en fit qu'une bouchée.
Pendant ce temps, le carrosse du roi se
dirigeait vers le château.
– À qui appartiennent ces champs ?
demanda le roi.
– Au marquis de Carabas, répondit
un paysan.
– Et le château aussi ?
– Oui, Sire, répondit le paysan.

    $\mathscr{L}$e Chat botté s'empressa d'ouvrir tous les rideaux pour laisser entrer le soleil. Il sortit juste au moment où le carrosse royal franchissait les portes.

– Bienvenue au château du marquis de Carabas, dit-il en faisant une profonde révérence.

– Quel beau château ! s'exclama la reine.

– *V*ous êtes prospère, jeune homme,
fit le roi.

– Oui, en effet, répondit distraitement
Ned qui n'avait d'yeux que pour Cécile.
Quelques mois plus tard, Ned et la princesse se marièrent et vécurent heureux
jusqu'à la fin de leurs jours. Le Chat botté
fut lui aussi très heureux et vécut avec eux.